25 Février 1911

Marqué P

VENTE
Du Samedi 25 Février 1911
HOTEL DROUOT, SALLE N° 1
A DEUX HEURES

OBJETS D'ART ET D'AMEUBLEMENT

TABLEAUX ANCIENS

PORCELAINES, FAIENCES, BRONZES

SCULPTURES

MEUBLES ET SIÈGES ANCIENS

ET DE STYLE

TAPISSERIES ANCIENNES

TAPIS

COMMISSAIRE-PRISEUR
Mᵉ F. LAIR-DUBREUIL

EXPERTS
MM. PAULME & B. LASQUIN Fils

CATALOGUE

DES

OBJETS D'ART ET D'AMEUBLEMENT

TABLEAUX ANCIENS, PASTELS, GRAVURES

PORCELAINES ET FAIENCES

BRONZES — PENDULES

Paire de grandes Torchères en bronze doré
Pendules et Cartel d'époques Louis XV et Louis XVI

SCULPTURES

BOIS SCULPTÉS — MARBRES

MEUBLES ET SIÈGES ANCIENS

SECRÉTAIRES — COMMODES — CONSOLES — ENCOIGNURES, ETC.
BERGÈRES, FAUTEUILS, SIÈGES VARIÉS

D'ÉPOQUES LOUIS XV ET LOUIS XVI

MEUBLES DE STYLE

Belle Salle à manger en Acajou et Bronzes de Style premier Empire

TAPISSERIES ANCIENNES

ÉTOFFES, TAPIS D'ORIENT ET D'AUBUSSON

DONT LA VENTE AUX ENCHÈRES PUBLIQUES AURA LIEU

HOTEL DROUOT, SALLE N° 1

LE SAMEDI 25 FÉVRIER 1911

A DEUX HEURES

Me F. LAIR-DUBREUIL
COMMISSAIRE-PRISEUR
6, rue Favart

MM. PAULME & B. LASQUIN Fils
EXPERTS
10, rue Chauchat | 11, rue de la Grange-Batelière

EXPOSITION PUBLIQUE

Le Vendredi 24 Février 1911, de deux heures à six heures

CONDITIONS DE LA VENTE

Elle sera faite *au comptant.*

Les adjudicataires paieront *dix pour cent* en sus des enchères.

L'exposition mettant le public à même de se rendre compte de l'état et de la nature des objets, aucune réclamation ne sera admise une fois l'adjudication prononcée.

Paris — Imprimerie de l'Art, Ch. Berger, 41, rue de la Victoire.

DÉSIGNATION

TABLEAUX, PASTELS

GRAVURES

ÉCOLE FRANÇAISE

1 — *Pastorale.*

ÉCOLE FRANÇAISE

2 — *Vases enguirlandés de fleurs.*
Deux dessus de porte.

ÉCOLE FRANÇAISE

3 — *Portraits de généraux.*
Deux pastels.

ÉCOLE FRANÇAISE

4 — *Portraits d'officiers.*
Deux toiles.

ÉCOLE FLAMANDE (XVIIe siècle)

5 — *Fête villageoise.*
Toile.

ÉCOLE FRANÇAISE (Fin du XVIIe siècle)

6 — *Paysage ; berger et chèvres.*

Toile.

Cadre en bois sculpté.

ÉCOLE FRANÇAISE (XVIIIe siècle)

7 — *Sujet pastoral.*

Peinture en forme de dessus de porte.

ÉCOLE FRANÇAISE (XVIIIe siècle)

8 — *Le Printemps. — L'Automne.*

Deux dessins au lavis d'encre de Chine.

ÉCOLE HOLLANDAISE (XVIe siècle)

9 — *Portrait du Prince d'Orange.*

Bois.

ÉCOLE HOLLANDAISE (XVIIe siècle)

10 — *Nature morte ; poissons et mollusques.*

Toile.

Cadre en baguette Louis XVI, bois doré.

ÉCOLE HOLLANDAISE (XVIIe siècle)

11 — *Pêcheurs débarquant sur une plage.*

Toile portant à gauche une signature peu lisible.
L. Bout. 1654.

ÉCOLE HOLLANDAISE (XVIIe siècle)

12 — *Portrait d'Homme.*

Toile.

ÉCOLE ITALIENNE (XVIIe siècle)

13 — *Sujet biblique.*
Toile.

HARLOW

14 — *Paysage ; lac et pêcheurs.*
Toile.

LARGILLIÈRE (D'après N. DE)

15 — *Portrait de Jean Forest, peintre.*
Gravure ancienne par E. DREVET ; encadrée.

RONZALY

16 — *La Partie de cartes.*
Panneau. Signé.

VERNET (D'après J.)

17 — *Vue de la Ville et du Port de Bordeaux.*
Gravure ancienne par COCHIN ; encadrée.

PORCELAINES, FAIENCES

18 — Coupe en grès de Chine émaillée camélia.

19 — Deux présentoirs ronds en ancienne porcelaine de la Compagnie des Indes; décor en couleurs.

20 — Tasse-trembleuse couverte, à deux anses, et son présentoir en porcelaine blanche de Sèvres, ornée d'un médaillon : Portrait de Louis XVI.

21 — Coupe oblongue en porcelaine tendre de Sèvres, décorée au centre d'un médaillon avec amour en couleur. Bordure en dorure sur fond gros bleu. Pied en bronze.

22 — Dix-huit tasses à café avec soucoupes en porcelaine jaune, décor or avec médaillons têtes de femmes.

23 — Une cafetière, six tasses, six soucoupes en porcelaine blanche, décor or.

24 — Petit cache-pot-jardinière en porcelaine genre Sèvres, décor de fleurettes.

25 — Présentoir, forme cœur, en ancienne porcelaine tendre, décor fleurs en couleurs et médaillons feuilles de choux.

26 — Trois plateaux, de grandeurs variées, en ancienne faïence italienne.

27 — Grande cruche à anse, à déversoir trilobé, en ancienne faïence, décorée de médaillons.

28 — Deux grands vases, à deux anses serpents, en faïence italienne décorée : sujets guerriers.

29 — Buste de Vierge en faïence italienne polychromée.

30 — Cache-pot en porcelaine de Chine, décor polychrome.

31 — Deux vases, forme Médicis, en porcelaine de Paris, décor polychrome.

32 — Deux vases, forme balustres, en porcelaine de Paris, à figures de saints.

33 — Deux grands vases en porcelaine de Paris, à décor de paysages.

34 — Grande fontaine avec couvercle en porcelaine, décorée de guirlandes de fleurs et palme. Pied en bronze.

BRONZES, PENDULES

35 — Flambeau électrique à trois lumières, fait d'un support en biscuit, avec tige et base en bronze. Il est muni d'un abat-jour en soie verte.

36 — Paire de petits candélabres en bronze doré : Enfants nus assis, portant chacun un bouquet de quatre lumières. Socles-fûts de colonnes.

37 — Paire de flambeaux en bronze doré. Empire.

38 — Paire de lampes électriques, montées sur des vases en marbre, ornés de bronzes.

39 — Applique en bronze ciselé et doré, à sept lumières, ornée de boules en cristal de roche.

40 — Deux paires de grandes appliques en bronze ciselé et doré, à cinq lumières, à motifs de cors de chasse, ruban et feuillages de chêne. Style Louis XVI.

41 — Paire d'appliques, modèle analogue, à une lumière.

42 — Groupe en bronze patiné : Faune et bacchante, d'après Clodion.

43 — Petite console d'applique Louis XV, en bronze ciselé : coquilles, fleurs et rinceaux.

44 — Paire de candélabres à figures de femmes en bronze, portant des bouquets d'œillets en bronze doré, sur socles cylindriques en marbre blanc.

45 — Pendule à pilastres en marbre blanc, médaillons en biscuit bleu et bronze doré. Fin du XVIIIe siècle.

46 — Petite pendule-cartel, de forme contournée, sur son socle cul-de-lampe, en corne verte ornée de bronzes. Cadran marqué : *Henry Padeval, à Paris*. Époque Louis XV.

47 — Petite pendule, sur colonnade en marbre blanc et bronze doré. Cadran marqué : *Renard, à Épernay*. Époque Louis XVI.

48 — Pendule en marbre blanc et bronzes dorés ; le mouvement est accosté de deux consoles et couronné d'un vase, repose sur un socle cannelé mouluré. Base contournée. Époque Louis XVI.

49 — Pendule en marbre blanc et marbre noir ; le mouvement est supporté par un portique à deux colonnes à consoles. Elle est ornée de bustes de femmes engainées, statuettes d'amours, frise, rangs de perles, et couronnée par un aigle aux ailes éployées, en bronze doré et patiné. Époque Louis XVI.

50 — Pendule en bronze ciselé et doré, forme d'édicule à quatre colonnes, ornées de griffons et génies en bas-relief et draperies sous le cadran. Époque Empire. (*Provenant du cardinal Fesch.*)

51 — Deux paires de candélabres en bronze doré, formés d'un bouquet de quatre lumières, supportées par un grand balustre. (*Même provenance.*)

52 — Pendule en bronze doré, en forme de temple antique à quatre colonnes. Époque Restauration.

53 — Paire de grands lampadaires, formés de corps de femmes engainées, soutenant un rinceau porte-lumières, en bronze doré.

OBJETS VARIÉS

54 — Plateau ovale en tôle décorée en dorure sur vernis ; amours au centre ; bordure à l'entour.

55 — Bourse en velours brodé de fleurs de lys.

56 — Deux gobelets anciens en verre taillé ou gravé ; l'un d'eux avec l'inscription : *Vive la liberté !*

57 — Deux flacons, à pans, en verre. XVIIIe siècle.

58 — Pièce de surtout, à deux plateaux, en cristal taillé.

59 — Petit flacon à odeur, forme cœur, en verre taillé à pointes de diamant.

60 — Portrait du roi Louis XV et portrait du Dauphin. Peints au vernis, sous verre. XVIIIe siècle.

61 — Feuille d'éventail peinte sur étoffe. Sujet allégorique. Encadrée.

62 — Armure en fer.

SCULPTURES

63 — Statuette ancienne en bois sculpté. Provenant d'un rétable.

64 — Deux anges en bois sculpté.

65 — Vierge en bois sculpté.

66 — Deux pilastres d'ordre corinthien accostés de consoles à feuillages de palmiers en bois sculpté. Commencement du XVIIIe siècle.

67 — Statuette : Adolescent debout, sur socle, en bois sculpté doré.

68 — Deux statuettes de saints personnages en bois sculpté, avec traces de dorure. XVIIe siècle.

69 — Trois statuettes de saintes ou saints personnages en bois sculpté, polychromé et doré. XVIIIe siècle.

70 — Trois petites statuettes de saints personnages, et un groupe : Pieta, en bois sculpté, peint ou doré. XVIIe siècle.

71 — Deux torchères en bois sculpté, peint noir. Motifs griffons sur console.

72 — Six flambeaux d'autel en bois sculpté doré, à tige balustre, avec socle à trois pieds-griffes. Époque Louis XIV.

73 — Décor de cheminée en bois sculpté et mouluré, à décor de coquilles et consoles ; en partie de l'époque Louis XV.

74 — Buste d'homme en terre cuite.

75 — Groupe ancien en albâtre : la Vierge tenant sur son bras l'Enfant Jésus. — Petit vase étrusque en terre cuite.

76 — Groupe ancien en marbre blanc : la Vierge debout, tenant sur son bras l'Enfant Jésus.

77 — Statuette d'Hébé en marbre blanc.

MEUBLES ET SIÈGES

78 — Glace rectangulaire, dans un cadre mouluré et guilloché en bois noir.

79 — Glace-miroir, dans un cadre en bois sculpté doré, surmontée d'un fronton à attributs et feuillages. Époque Louis XVI.

80 — Glace, dans un cadre à fronton en bois découpé, sculpté et doré, décor de rocailles feuillagées. Époque Louis XV.

81 — Deux glaces rectangulaires, encadrement ornementé et doré. Époque Empire.

(*Provenant du salon du cardinal Fesch.*)

82 — Glace, dans un cadre en bois sculpté doré à rocailles et feuillages. Le fronton orné d'un sujet en couleur sous verre. Époque Louis XV.

83 — Guéridon rond en acajou, à trépied. Dessus de marbre gris ceinturé d'une galerie de cuivre ajourée. Époque Louis XVI.

84 — Meuble à hauteur d'appui en marqueterie de bois rose.

85 — Écran en bois sculpté doré de style Louis XV, muni de sa feuille en étoffe à ramages.

86 — Coffre en bois sculpté, décor de bas-reliefs et cariatides.

87 — Petit meuble-crédence, ouvrant à deux portes et tiroir, en bois mouluré et marqueterie, reposant sur une console-support; décor mascaron et consoles. En partie de la fin du XVIe siècle.

88 — Petite vitrine, de forme cintrée, en bois sculpté et cuivre estampé, partiellement peint et doré, sur socle à console.

89 — Bibliothèque, à quatre portes grillagées, en chêne sculpté et mouluré. En partie du XVIIIe siècle.

90 — Meuble à deux portes, sur console, en bois sculpté doré.

91 — Table en bois sculpté doré, le dessus formant vitrine.

92 — Meuble annamite, ouvrant à nombreux tiroirs et portes, en bois sculpté en relief de feuillages, animaux, attributs.

93 — Vitrine, ouvrant à deux portes et tiroir, en bois de rose et filets, ornée de bronzes. Dessus de marbre.

94 — Buffet, à quatre portes, en bois mouluré, à contours; corniche cintrée à ressauts sur angles arrondis. Commencement du XVIIIe siècle.

95 — Armoire normande en bois laqué blanc, ouvrant à deux portes à glaces.

96 — Meuble-bahut à deux corps en noyer sculpté, ouvrant à quatre vantaux présentant en relief des figures allégoriques aux Saisons. Montants à cariatides et mascaron. En partie d'époque Renaissance.

97 — Meuble d'entre-deux, forme contournée, ouvrant à deux portes et garni de bronzes. Il supporte un casier muni de huit cartons. Style Louis XV.

98 — Bureau, forme rognon, en acajou et moulures de cuivre, garni de cinq tiroirs sur chaque côté et d'un tiroir central; il est surmonté d'une étagère à galerie de cuivre, ouvrant à quatre tiroirs. Style Louis XVI.

99 — Meuble-crédence en bois sculpté, à décor de cariatides et sujets religieux en bas-relief, reposant sur une console à quatre colonnettes cannelées en spire. En partie du XVIIe siècle.

100 — Console en bois sculpté redoré, d'époque Louis XV, décor de rocailles et guirlandes de fleurs. Dessus de marbre brèche mouluré.

101 — Console en bois sculpté doré, sur quatre pieds cambrés, décorée de tors de lauriers. Dessin de marbre brèche d'Alep. XVIIIe siècle.

102 — Paire de meubles-encoignures en marqueterie de bois de couleur, à rinceaux, rubans et quadrillés. Dessus de marbre brèche. Elles portent l'estampille de *Stockel*. Époque Louis XVI.

103 — Vitrine en bois de rose, ouvrant à deux portes vitrées et un tiroir. Époque Louis XV.

104 — Table-coiffeuse, de forme contournée, marqueterie de bois de placage à fleurs. Époque Louis XV.

105 — Meuble-secrétaire en acajou mouluré, glace à la partie supérieure ; ouvrant à abattant, tiroirs et portes. Estampille de *Ohneberg* et au feu derrière, sur le pied de droite on lit : *Marie A.*

106 — Commode, de forme contournée, à trois rangs de tiroirs, en marqueterie de bois de violette. Garniture de bronzes, entrées de serrures, poignées, chutes, cul-de-lampe, dessus de marbre. Estampille de *Martigny*. Époque Louis XV.

107 — Commode, forme demi-lune, en marqueterie de bois de rose avec filet et ruban simulé. Garniture de bronzes. Elle ouvre à tiroirs avec porte latérale. Dessus de marbre gris. Estampille de *G. Barroul*. Époque Louis XVI.

108 — Secrétaire droit, à abattant, en marqueterie de bois de rose et filets, orné de bronzes. Dessus de marbre blanc. Estampille de *Leleu*. Époque Louis XVI.

109 — Belle salle à manger, de style Empire, en acajou et ornements de bronzes ciselés et dorés, composée de : un grand buffet à hauteur d'appui formant vitrine à fond de glace, dessus de marbre griotte, huit fauteuils garnis panne verte, une table pied formé par quatre cornes d'abondance, une desserte et deux petites consoles demi-lune ; dessus de marbre griotte.

110 — Deux chaises paillées en bois tourné, et lyre sculptée au dossier.

111 — Fauteuil Louis XIII en bois, garni d'étoffe rouge.

112 — Bergère en bois peint gris, d'époque Louis XVI, garniture en velours frappé jaune. Coussin en blanc.

113 — Fauteuil en bois sculpté peint gris et vert, d'époque Louis XVI, modèle à cannelures, couvert en toile de Jouy.

114 — Fauteuil en bois sculpté redoré, d'époque Régence, garni de soie brochée à fleurs et feuillage sur fond rouge.

115 — Bergère en noyer sculpté, d'époque Louis XV, garnie en imberline jaune à raies bleues et filets rouges.

116 — Fauteuil de bureau en noyer sculpté, d'époque Louis XVI, garni de canne et recouvert de cuir clouté de cuivre. Coussin en cuir.

117 — Bois de petit canapé, moulures ornées de rocailles. Époque Louis XV.

118 — Un siège et un dossier, en ancienne tapisserie au petit point; fleurs au siége, personnages au dossier. Époque Régence.

119 — Deux fauteuils en bois mouluré, recouverts aux siège et dossier d'ancienne tapisserie d'Aubusson à bouquets de grosses fleurs et pavots. Époque Régence.

120 — Mobilier de salon en bois mouluré, peint noir, comprenant : un canapé et six fauteuils. Époque Louis XVI.

121 — Ameublement de salon en bois sculpté doré, comprenant : un canapé, quatre bergéres, quatre fauteuils, six chaises, recouverts de velours vert uni. Époque Empire.

(*Provenant du salon du cardinal Fesch.*)

122 — Canapé en noyer sculpté de style Régence, garni en velours frappé vert.

ÉTOFFES, TAPISSERIES

TAPIS D'ORIENT

123 — Dessus de lit en satin rouge, brodé d'or.

124 — Dessus de lit en soie ancienne fond bleu, lamée de métal.

125 — Tapis de table en damas vert ancien.

126 — Fragment de tapisserie, de la fin du XVIe siècle, représentant deux personnages, dont un assis portant le sceptre.

Haut., 2 m. 65 cent.; larg., 1 m. 10 cent.

127 — Petite tapisserie d'Aubusson, du XVIIIe siècle : verdure, château et animaux. Encadrement de peluche.

Haut., 2 m. 60 cent.; larg., 1 m. 90 cent.

128 — Petite tapisserie ancienne, du XVIIe siècle, offrant un guerrier casqué, conduit par Mercure.

Haut., 2 m. 40 cent.; larg., 1 m. 30 cent.

129 — Tapisserie des Flandres, de la fin du XVIe siècle, représentant, dans un paysage, deux personnages guerriers près d'un autel.

Haut., 2 m. 60 cent.; larg., 1 m. 35 cent.

130 — Petite tapisserie ancienne d'Aubusson : sujet à personnages, xviie siècle. Encadrement de peluche formant portière.

Haut., 1 m. 50 cent.; larg., 1 m. 10 cent.

131 — Tapisserie-verdure d'Aubusson, à grand oiseau et château. Encadrement de bordures, fleurs et feuillages. xviiie siècle.

Haut., 2 m. 30 cent.; larg., 2 m. 20 cent.

132 — Panneau rectangulaire en ancienne tapisserie d'Aubusson : verdure, habitations, volatiles. xviiie siècle.

Haut., 2 m. 27 cent.; larg., 1 m. 95 cent.

133 — Ancien tapis d'Aubusson, décor de rosace centrale et rinceaux de fleurs; fond vert. Commencement du xixe siècle.

Long., 3 m. 30 cent.; larg., 2 m. 60 cent.

134 — Carpette haute laine à fond bleu et bordure fond blanc.

135 — Carpette orientale à fond rouge et bordure jaune.

136 — Carpette orientale à fond bleu à quadrillé; bordure à fond blanc et losange.

137 — Grande carpette à fond bleu à fleurettes; bordure fond rouge.

www.ingramcontent.com/pod-product-compliance
Ingram Content Group UK Ltd.
Pitfield, Milton Keynes, MK11 3LW, UK
UKHW032032260826
14628UKWH00006B/2896

9 782329 458083